기획의 말

그리운 마음일 때 'I Miss You'라고 하는 것은 '내게서 당신이 빠져 있기(miss) 때문에 나는 충분한 존재가 될 수 없다'는 뜻이라는 게 소설가 쓰시마 유코의 아름다운 해석이다. 현재의 세계에는 틀림없이 결여가 있어서 우리는 언제나 무언가를 그리워한다. 한때 우리를 벅차게 했으나 이제는 읽을 수 없게 된 옛날의 시집을 되살리는 작업 또한 그 그리움의 일이다. 어떤 시집이 빠져 있는 한, 우리의 시는 충분해질 수 없다.

더 나아가 옛 시집을 복간하는 일은 한국 시문학사의 역동성이 드러나는 장을 여는 일이 될 수도 있다. 하나의 새로운 예술작품이 창조될 때 일어나는 일은 과거에 있었던 모든 예술작품에도 동시에 일어난다는 것이 시인 엘리엇의 오래된 말이다. 과거가 이룩해놓은 질서는 현재의 성취에 영향받아 다시 배치된다는 것이다. 우리는 현재의 빛에 의지해 어떤 과거를 선택할 것인가. 그렇게 시사(詩史)는 되돌아보며 전진한다.

이 일들을 문학동네는 이미 한 적이 있다. 1996년 11월 황동규, 마종기, 강은교의 청년기 시집들을 복간하며 '포에지 2000' 시리즈가 시작됐다. "생이 덧없고 힘겨울 때 이따금 가슴으로 암송했던 시들, 이미 절판되어 오래된 명성으로만 만날 수 있었던 시들, 동시대를 대표하는 시인들의 젊은 날의 아름다운 연가(戀歌)가 여기 되살아납니다." 당시로서는 드물고 귀했던 그 일을 우리는 이제 다시 시작해보려 한다.

기획의 말

그리운 마음일 때 'I Miss You'라고 하는 것은 '내게서 당신이 빠져 있기(miss) 때문에 나는 충분한 존재가 될 수 없다'는 뜻이라는 게 소설가 쓰시마 유코의 아름다운 해석이다. 현재의 세계에는 틀림없이 결여가 있어서 우리는 언제나 무언가를 그리워한다. 한때 우리를 벅차게 했으나 이제는 읽을 수 없게 된 옛날의 시집을 되살리는 작업 또한 그 그리움의 일이다. 어떤 시집이 빠져 있는 한, 우리의 시는 충분해질 수 없다.

더 나아가 옛 시집을 복간하는 일은 한국 시문학사의 역동성이 드러나는 장을 여는 일이 될 수도 있다. 하나의 새로운 예술작품이 창조될 때 일어나는 일은 과거에 있었던 모든 예술작품에도 동시에 일어난다는 것이 시인 엘리엇의 오래된 말이다. 과거가 이룩해놓은 질서는 현재의 성취에 영향받아 다시 배치된다는 것이다. 우리는 현재의 빛에 의지해 어떤 과거를 선택할 것인가. 그렇게 시사(詩史)는 되돌아보며 전진한다.

이 일들을 문학동네는 이미 한 적이 있다. 1996년 11월 황동규, 마종기, 강은교의 청년기 시집들을 복간하며 '포에지 2000' 시리즈가 시작됐다. "생이 덧없고 헐거울 때 이따금 가슴으로 암송했던 시들, 이미 절판되어 오래된 명성으로만 만날 수 있었던 시들, 동시대를 대표하는 시인들의 젊은 날의 아름다운 연가(戀歌)가 여기 되살아납니다." 당시로서는 드물고 귀했던 그 일을 우리는 이제 다시 시작해보려 한다.

나팔꽃 피는 창가에서

문학동네포에지 058

김홍성 시집

나팔꽃
피는
창가에서

시인의 말
—시가 시답지 않게 여겨질수록

스무 해도 넘은 오래전 일이다. 면사무소에 가서 호적 등본을 신청해놓고 기다리는데 목발을 짚은 외다리 사내가 들어서더니 고개 숙여 인사하고는 시를 읊었다. 사무실 전체에 울려퍼지는 우렁찬 음성이었다. 제목은 '나무', 그리고 자작시라고 했다. 산에 푸른 소나무가 자라고 있었는데 어느 날 나무꾼이 올라와 톱으로 잘랐다는 내용이었다.

짤막한 동시 형태의 단순한 시였지만 워낙 진지한 낭송이었기에 충분한 감동이 있었다. 면사무소 사회계원이 그에게 얼마간의 돈을 건넸고, 나는 그를 근처 대폿집에 데려가서 막걸리를 받아주었다. 그는 마시기 전에 반드시 성호를 그었으며 양은 사발을 성배처럼 받들고 거룩하게 마셨다.

그는 단 한 편의 자작시를 낭송하며 전국을 떠도는 방랑자였다. 나는 그 사내보다 한술 더 떠서, 내 시집을 배낭 가득 짊어지고 팔도강산을 떠돈다는 생각을 해보았다. 그러나 아무리 많은 시를 써 시집을 낸들 그게 다 소용이 닿지는 않을 것이라는 생각도 들었다. 그 외다리 사내처럼 단 한 편만 갖고도 밥을 굶지는 않을 것이었다.

문제는 얼마나 진지한가이다. 그것이 비록 일종의 앵벌이를 위한 연기일지라도 얼마나 진지하게 연기하느냐가 중요하다. 시가 시답지 않게 여겨질수록 더욱 진지하게 붙들고 있어야겠다.

2006년 6월
김홍성

개정판 시인의 말

교정지를 통해 16년 전 시를 다시 읽다보니 마음에 안 드는 시가 많았다. 어떤 시는 빼고, 그 자리에 새로 쓴 시를 넣고 싶었다. 띄어쓰기는 편집실에서 수정한 그대로 따랐다.

2022년 9월
김홍성

차례

최소한 두 개의 젖

어머니의 젖은 둘이다
그것은 최소한이다

어떤 나라에서는 두 개의 큰 젖을 가진 하얀 소를
인류 모두가 받들어모셔야만 하는
신들 중의 하나로 대접하고 있다

내 젖은 퇴화되었다
수컷들은 자식들에게 젖을 주지 못한다
아무리 빨아도 서러움만 묻어나는
두드러기에 불과하다

자식들은 그래서 엄마한테만 매달린다
엄마라는 것은 엄연한 생존이다
엄마에게 매달리지 않고는
누구도 살 수가 없다

송아지들은 엄마의 젖을 주둥이로 쑤셔가며 빤다
애비는 없어도 살지만
엄마 없이 살았다는 자들은 아직 만나보지 못했다

만일 엄마 없이 살았다는 자가 있다면 거기엔 왜곡이
있다
그에게는 엄마가 더욱 절실했다는 이야기이다

여동생들은 자식을 잘 길렀다
쌍둥이를 낳은 동생은 진짜 엄마다
인간에게 두 개의 젖이 필요한 이유를 확인시켜주었다

두 개의 젖을 가진 어떤 여자도
아직 퇴화하지 않았다

여덟 개, 열 개……
그만큼 많은 젖을 가진 돼지나 개나 쥐 들을
동물 또는 짐승이라고 비하하지 말자

우리는 결국 같은 것이라고 두둔하는 것은 아니다
어떤 새끼도 애처롭지 않은 것이 없기 때문이다

나는 어떤 새끼도 먹여 살릴 수 없다
나는 아직도 어미젖을 탐하는 어떤 새끼에 불과하다는 얘기다

세상은 살아봐야 한다
사내든 계집이든 어미젖 빨고 자란 어떤 자식도
살아봐야 하는 거다
나무에 매달린 열매는 스스로 떨어지는 것이 아니다

슬프고도 아름답지 않은가
이 짧은 순간
어떤 젖에 함께 매달려
이렇게 살고 있는

남자와 여자, 적과 동지

아직도 부정할 수 없는 건
내가 여전히 슬프다는 거다
우스운 일일지도 모르지만
무표정한 사람들 속에서 나 혼자 슬프다는 거다
슬퍼할 겨를 없이 바쁜 사람들 틈에서
퇴폐적으로 아주 나태하게 살면서
때론 웃어가면서 슬퍼한다는 거다

이 슬픔이 어디서 왔는지 나는 모른다
이 세상에 여자가 있고 남자가 있다는 것만으로도 슬프다
이 세상에 적이 있고 동지가 있다는 것만으로도 슬프다
남자와 여자 적과 동지
그 사이에 통제가 있고 조종이 있고
권력이 있는 것만으로도 무섭고 슬프다

오늘도 권력이라는 이름의 침침한 그림자 밑으로
숨죽여 우는 이의 눈물 같은 노래가 흐르는데
어떠한 권력도 통제할 수 없는 슬픔이
실핏줄 끝까지 파고드는데
나는 그 슬픔이 어디서 왔는지 여전히 모른다

나는 그냥 노래하고 싶을 뿐이다
삶이란 우리가 걸린 거미줄일지도 모른다고

허공에 걸려 메말라 껍데기만 남은 끝에
작은 바람에도 부서져 날리는 먼지일지도 모른다고

이쯤에서 나는 다시 고백해야 한다
내 슬픔을 담기엔 어떤 노래도 충분하지 않았다고
내 노래는 늘 고쳐 불러야만 했다고
그러나 그 노래도 맘에 들지 않았다고
내 노래는 다시 시작해야 한다고
아직도 나는 슬프다는 그 우스운 자리에서
아직도 나는 바람에 날리는 먼지 같다는 그 허망한 자리에서

그리움

오래 멀리 떨어져 사는 게 차라리 다행이다
그만큼 넓은 바다와 하늘이 우리 사이에서 출렁여왔다
물결이 밀어오고 바람이 실어오는 기억의 누더기들을 주워
한 조각 한 조각 꿰매고 또 꿰매면서 다시 만드는 기억 속에서도
너의 모습은 변화하고 있다 변화하면서 무언가가 되고 있다

오래 멀리 떨어져 사는 게 서럽지 않다
그만큼 많은 비와 눈이 우리 사이에 내렸다 냇물이 되어 흘러갔다
눈물은 아직도 뜨겁지만 이내 식는다 이제는 천천히 오래 우는 것이다
후회가 아니다 용서도 아니다 그냥 이렇게 우는 게 편해진 것이다
나의 모습도 변화하고 있다 변화하면서 무언가가 되고 있다

사라지고 또 사라지면서 아직도 사라지는 그리움을 아는가
밀려오고 또 밀려오면서 아직도 밀려오는 그리움을 아는가

드넓은 바다에 출렁이는 바다에 빠르게 넘기는 책장
같은 파도에
매 순간 불도장을 찍으며 일어서는 태양이 있는 한
어제와 오늘 그리고 내일은 다르지 않다
거기와 여기 그리고 저기도 다르지 않다
너와 내가 만드는 그리움도 다르지 않다

풀잎에 붙어 비 맞는 달팽이처럼

이 세상에서 맞는 가을이 몇번째인가
풀벌레 우는 소리 다시 들린다
흰머리 자라는 귓가에
작은 달팽이처럼 느릿느릿 흘러내리는
눈물 한줄기

옛날의 장마는 길었다
아니 짧았는지도 모른다
날마다 툇마루 앞에 떨어지는 낙숫물은
방울방울 모래를 파냈다
모래를 파내며 하얗게 흘러갔다

삶이란
숨쉬는 것일 뿐
숨결을 섞는 것일 뿐
그때 이미 그렇게 생각했는데
오랫동안 나는 어디를 헤매고 있었나

엊그제 걸었던 숲길에서는
삼십 리 내내 푸른 매미들이 울었다
울면서 솔방울처럼 떨어져 뒹굴었다

의미는 묻지 않는 법
묻는 순간 닫히는 법

그러나 나는 언제나 물었다
왜 우리는 만났는가
왜 우리는 이 세상을 사는가

오랫동안 나는 그렇게 닫혀 살았다
풀잎에 붙어 비 맞는 달팽이처럼 살았다

또 하루가 간다

또 하루가 간다
밤의 간이역 대합실에는
갈 데 없는 사람이 더 많다

어둠에 잠긴 두 줄기 철로 끝에서
가버린 날들만 별이 되어 돈는다

그리운 시절들 그리운 사람들은
와야 할 날들과 함께
머나먼 모래 바다에 묻혀 있다

또 하루가 간다
해가 가고 달이 가고 벗들이 간다

칸칸이 불을 밝힌 특급열차는
간이역에 서지 않는다
하얀 시트에 머리를 기댄 승객들은
날마다 어디서 오고 어디로 가는가

그들은 모래 바다를 알고 있을까
그리운 것들이 가서 묻힌
머나먼 모래 바다를 알고 있을까

또 하루가 간다

이슬이 무거워 더 많은 낙엽은 새벽에 진다

또다른 하루가 가기 전에 나는 건널 수 있을까
저 차디찬 철로 건너 모래 바다로 갈 수 있을까

그리운 시절들 그리운 사람들과 더불어
와야만 하는 내일이 될 수 있을까
마지막 별 하나 남아 빛나는
모래 바다의 새벽이 될 수 있을까

수요일에는

수요일에는
어금니 하나를 또 빼기로 했다
어제 확 빼버리고
홀가분한 새해를 맞으려 했는데
잇몸이 너무 부어서 못 뺀다더군

동네 치과에서 이미 빼버린 이가
사랑니까지 두 개
수요일에 하나 더 빼면 세 개가 된다

이 네팔 땅에서
몇 개의 이를 더 빼게 될까
뺄 때마다 다만 홀가분해지기를 바란다
밥은 어차피 덜 먹어야 할 때가 왔으므로
미련은 없다

2001년의 마지막날인 오늘
고국의 어느 산야에는
함박눈이 펄펄 내리고 있겠군

어느 마을 창가에는
젖니 같은 싸락눈이 뒹굴지도 모르겠군

이다음 어느 수요일에는

고국에서 눈을 맞고 있을 거다
우리 아버지처럼
이가 많지 않은 입을 힘껏 다물고

쓸쓸한 사랑

태풍이 지나간 후
산을 바라본다

푸른 하늘 맑은 햇살 속에서
산은 산이 아닌 것 같다

쓸쓸한 사랑 끝에 투명해진 가슴에서
바람 소리가 들려온다는 어느 이웃 같다

사람의 사랑이 때로 쓸쓸하다면
산의 사랑은 늘 쓸쓸하기에

먼산 너머로 노을이 질 때면
기러기라도 울며 날았거늘
샛별이라도 글썽였거늘

빈 하늘 텅 소리 나게 두고
물끄러미 바라볼 수밖에 없는
쓸쓸한 사랑 깊어진 끝에
태풍이 지나갔다

쓸쓸한 사랑아
산에 가자
태풍이 지나갔다

어느 봄부터 흙바람이 불었는가

흙바람이 불고 있었다
어린 뽕나무 잎사귀에 흙먼지가 쌓이고 있었다
입술이 검어지도록 오디를 따먹었던 시절에도 흙바람이 불었을까
그리운 시냇가 패랭이꽃 속에도 흙먼지가 쌓이고 있었을까

어머니 등에 업혀
어머니가 깨무는 꽈리 소리를 들으며 잠들었던 날
그날의 하늘에도 흙바람이 불었을까

의문에 갇혀 나는 듣지 못했다
뽕나무 그늘에서 새들이 지저귀는 걸
어느 봄에나 바람은 흙먼지를 날리는 법이라고
얄밉도록 어여쁘게 지저귀는 걸

저무는 겨울 하늘을 바라보다가

저무는 겨울 하늘을 바라보다가
터벅터벅 걸으며 바라보다가
돌부리에 걸려서 넘어질 뻔했다

그 길가에 선술집이 있고
선술집 앞에 긴 나무의자가 있었다
숱한 사람이 앉았다 가는지 반질반질 윤이 났다

저무는 거리에는 사람들이 오가고 있었다
가녀린 어깨에 나일론 숄을 두른 어린 소녀가
흰 입김을 날리며 지나갔다

지팡이를 든 노인도 느릿느릿 지나갔다
감자와 푸성귀를 담은 비닐 자루를 든 아낙네도 지나갔다
교복을 입은 학생들도 지나갔다

선술집 안에는 병색이 짙은 뚱뚱한 남자가 있었다
석유 타는 냄새와 고추 튀기는 냄새와 싸구려 담배 냄새와
쉰 막걸리 냄새가 뒤섞인 선술집 안에서
빈한한 얼굴들이 나를 바라보고 있었다

얼마나 더 살아야 그들과 같아질 수 있을까

한잔 술이나 담배 한 모금 말고는 일찌감치 포기할 수 있을까
반쯤 태운 담배를 뚱뚱한 남자에게 물려주고 다시 걸었다

오늘따라 집이 멀었다
식은땀이 나고
집은 점점 멀어지는 것만 같았다

집을 찾아서

우리는 또다시 집을 찾아나섰습니다
가난한 동네와 부자 동네의
낯선 골목과 낯익은 골목을 종일 걸어다녔습니다

어떤 집 울 밑에는 복사꽃이 피었고
어떤 집 유리창은 먼지가 두껍게 붙어 있었습니다
버려도 될 것을 버리지 않은 채 쌓아놓은 마당도 있었고
대낮에도 컴컴한 골방에서 기침하는 노인도 있었습니다

사람이 살다 나간 집은 휑뎅그렁했고
나갈 집 안방에 걸어놓은 부부 사진은 우울해 보였습니다

한 집을 보고 또 한 집을 보러 골목에 나설 때마다
따가운 햇살 속에 뿌얀 먼지바람이 일었습니다
담배를 피워 물고 터벅터벅 걸었습니다
먼지 이는 골목 어딘가에 숨어 있을 우리집을 찾아서

술 없이 보내는 세모(歲暮)

사십구 일을 작정하고
술 그친 지 사흘째 되는 날
세모를 맞다

눈 올 듯 캄캄한 하늘에서
찬바람 쓸어내려 가슴을 헤치다

엽서를 쓰려고 수첩을 들추니
그리운 이름들 위에 스치는 술잔들
술잔 너머로 마주보며 보낸 세월
그토록 깊었기에

기왕 그친 술
남은 사십육 일 술 없이 견뎌내어
춘삼월 술 깊숙이 길어 맑은 얼굴로 마시련다

그리운 이름들도 그때 다시 불러보련다

술상을 떠나며

이 크고 무서운 세상에 기슭이 어디 있으랴
내 꿈의 기슭은 그대였으나 이제는 접는다
취해서 기대고 꿈에서 다시 기댄 그대의 품에서 떠난다

은은한 향기 환하고 따듯한 꽃잎을 하염없이 흔들며
환몽의 길을 열어주던 그대

이제 어디로 가느냐고 묻지 마라
있지도 않고 없지도 않은 이 세상에 문턱인들 있으랴
다만 그대의 턱밑에서 일어설 뿐이다

해 달은 뜨고 지며 노닐고
풍운은 흩어졌다 모이며 새삼스럽다

새벽 술

새벽에
고요한 소리를 들었다
비 오는 소리였다
저녁에만 마신다는 각오도 잊고
조용히 새벽 술을 마셨다

마시는 동안 비는 그쳤다
앞산에서 젖은 바람이 불어오고
서서히 해가 떠올랐다

다시 한 모금 목젖을 적시면
일부러 돌이켜보지 않아도 보이는 옛날들

옛날이 있기에 방울방울 황홀하게 떨어지는 지금
지금이라는 것은 어쩌면
비 그친 뒤 처마에서 떨어지는 낙수 같은 것
낙수 너머로 보이는 저 푸른 산 같은 것

희망가

저무는 날이면 애써 헤아려보는 세월은 그냥 찰나에 불과했다
번쩍! 번쩍! 우르르 쾅이었다
오늘 아침 내 칫솔에 치약 짜 없는 시간이 더 길었다
햇볕 쬐는 담벼락의 나무 그림자가 더 길었다
나뭇잎 하나 떨어지는 시간이 더 길었다

왔는가 했더니 벌써 가버리는 여기는 도대체 어디란 말인가
찰나에서 찰나로 미친듯 건너뛰는 이놈은 또 누구란 말인가

저무는 날에 저무는 술잔에 저무는 목숨에 저무는 사랑에
또한 저무는 그리움에게 물어본다

한잔 더 하겠느냐고

이 영화는 끝이 없습니다

강가에 앉아
흐르는 강물을 바라본다
어제의 내가 허우적이며 떠내려간 강물 위에
문자가 떠오른다

—이 영화는 끝이 없습니다

살다보면 누구나
바라는 것 없이 그냥 살아 있다는 것이
신비스러운 순간이 있다

칼을 갈았다

빗소리가 좋아서 칼을 갈았다
독한 술을 마시면서 새벽까지 갈았다
칼에게도 조금씩 술을 부어주었다
술을 머금으면 말을 하고 싶어하는 칼이었다

칼아 무슨 말이 하고 싶은 거냐

차가운 숫돌 위에 누워서
시퍼렇게 날 선 칼은 말이 없었다
빗소리에 살갗이 하얗게 벗어지도록
시퍼렇게 몸 뒤치며
야금야금 술만 머금는 칼이었다

긴 꿈에서 깨어나니

긴 꿈에서 깨어나니 또다시 꿈이로다
내가 결석한 꿈도 꿈이요
내가 출석한 꿈도 꿈이로다
스스로 흠향하고 스스로 음복하며
긴 꿈의 지루함을 잊을까 했더니
그 또한 꿈 아니냐고 뻐꾸기가 놀린다

친구여, 아직은 귀신을 벗하지 말라

냉수 한 사발

어젯밤 내 머리맡엔
냉수 한 사발이 있었다

목마른 새벽에 마시라고
아내가 놓아준
냉수 한 사발이 있었다

어지러운 꿈 꾸며
몸부림치다 엎지른
냉수 한 사발이 있었다

언제였던가
베개가 젖도록
꿈에서 울어본 일은

그 하얀 입김

그 하얀 입김이 생각난다
어느 겨울 새벽 대학 병원 영안실 밖에서
운구를 기다리며 서성이던 사람들의 입김
머리칼에 하얗게 얼어붙을 만큼 추웠지

검은 코트 깃을 세우고
검은 구두 신은 발을 동동 구르며
사람들은 추위를 추워하고 있었다

영안실 냉장고 속에 이불 없이 누워서
더이상 춥지 않은 시신들
서성이는 혼령들은 얼마나 부러웠을까

같이 밥 먹던 사람들의 입에서 나는 하얀 입김
비린내 나는 입김

엽서

또 비가 옵니다
멀리서 천둥번개가 치고 있습니다
마당 가득 빨간 사탕 같은 꽃 떨구던 석류나무 잎사귀에
비 듣는 소리가 들려옵니다
괜히 치는 청중의 박수처럼 지루하게 들려옵니다

올해 네팔의 우기는 좀 일찍 왔습니다
그래서 뻐꾸기 울음소리는 더이상 들리지 않습니다
뻐꾸기들은 비를 피해 설산 가까이 이동해서 울고 있을 겁니다

재작년 우기에 토롱라 밑에서 뻐꾸기 울음소리를 들은 후로는
우기 전에 카트만두에 찾아와 울다 가는 뻐꾸기들에게 정들었나봅니다
어제는 뻐꾸기 우는 설산 밑까지 긴 도보 여행을 떠나는 꿈을 꾸었습니다

설산 밑에서 듣는 뻐꾸기 울음소리는 다릅니다
설산 밑에서 뻐꾸기 울음소리를 들으면 눈물납니다
어제는 잿빛이던 세속의 삶이 푸르게 다가옵니다

창공을 향해 한 걸음만 더 내디디면
다시는 돌아오지 못할 속세를 돌아보게 합니다

뻐꾸기 울음소리를 뒤로하고 산에서 내려오노라면
왜 내려가야 하는지를 생각하게 합니다
—모르겠더군요 정말 모르겠더군요 그냥 눈물만 나더군요

그러나 내게 주어진 삶을 다시 사랑해보고 싶었습니다
쳐죽이고 싶도록 미운 사람들을 용서하고 싶었습니다

비록 번번이 실패하는 사랑이었을지라도
비록 번번이 실패하는 인내였을지라도
비록 번번이 실패하는 용서였을지라도
한번 더 기회를 갖고 싶었습니다
그리고 물론 다시 실패했습니다
더이상 노력해볼 아무런 의욕도 남아 있지 않았습니다
그런데 또 뻐꾸기가 찾아와 울었던 겁니다
어느 천년에 이미 잊어버린 옛날 사투리로 뻐꾹 뻐꾹 울다 갔던 겁니다

그놈의 뻐꾸기
정이란 더러운 것이어서
나는 또 진종일 비 오는 골목을 벗어나
뻐꾸기 우는 능선에 올라서는 꿈을 꿉니다
태양이 빛나는 창공 아래서
내게 주어진 삶을 다시 한번 보듬어 안는 꿈을 꿉니다

빼꾸기

오늘도 빼꾹 빼꾹 빽빼꾹 빼꾹
수억 년 대대로 빼꾹 빼꾹
토막말밖에 모르는 배냇촌놈 빼꾸기야
너는 어느 옛날에 고향을 두고 왔기에
이 낯선 세상에 와서 빼꾹 빼꾹
고향 사투리로만 우느냐

고래

고래는 심심하다
큰 바다 한가운데서 혼자 뒤집어졌다 엎어졌다 하면서 심심하다
깊고 깊은 바다 밑에서
땡글땡글하게 뭉친 숨을 때록때록 굴리며 심심하다
입 하 벌리고 똥구멍도 쫙 벌리고
분주히 들락거리는 작은 고기들을 느끼며 심심하다
—이때 고래는 노래를 하는데 노래를 하면서도 심심하다
시퍼렇게 출렁이는 파도 위로 솟구쳐 하늘을 째려보면서도 심심하다
아흐 그 육중한 몸뗑이가
유리창 같은 수면을 산산이 조각내는 그 순간에도
고래는 여전히 심심하다
심심하지 않으면 고래가 아니다
고래야 안 그러냐
스스로 이렇게 뇌까리면서 심심하다

쥐

이 쥐는 전생에 누구였을까
한밤중에 조심조심 내 머리맡을 맴돌다
장판때기 미끄러워 미끄러지기도 하다가
그예 내 귀를 깔고 앉아서
뭐 먹고 취했나 내 숨 냄새 맡던 쥐
긴 꼬리 내 이마에 걸쳐놓고서
내 몸뚱이 신열을 가늠하던 쥐를
기어코 잡았다
마른오징어로 잡았다
철커덕 닫힌 자그만 철창에 갇혀서
간장 방울 같은 눈만 반짝거렸다
이 쥐는 전생에 누구였을까

람로

네팔에서는 람로가 좋다는 말이다

굶주려도 람로
헐벗어도 람로

박하사탕만 하나 줘도
람로 람로

흰 산봉우리 바라보며
람로 람로

그러니까 이렇게 못살지라고 욕해도
람로 람로

누가 더 잘사는가
잘 생각해보라고
람로 람로

다시 새벽을 기다리며

밤에는
졸다 깨다 하면서
새벽을 기다리는 일밖에는
할일이 없는
참새나 닭이나 까치처럼
나는 새벽을 기다린다

기침하다가 목이 타서
또는 오줌 누기 위해 깬 한밤중에
아내 몰래 손전등을 켜고 손목시계를 보면
아직 한시 아직 두시 아직 세시
그러다가 닭 우는 소리에 깬다
옆집 지붕에서 비둘기들이 날개를 털 때
나는 이부자리를 빠져나와 옷을 입는다

어느새 나는 들판에 나가 있다
언덕 위의 우리집은 대숲에 가려 보이지 않는다
대숲은 새들의 집 새들의 천연 아파트
여러 종류의 귀여운 새들이 함께 산다
새들도 나처럼 들판을 향해 날아온다
추수가 끝나고 새로 밭을 가는 들판엔
먹을 것이 아주 많다
배불리 먹고 '나 잡아봐라' 하면서
장난치기 좋은 하늘이 드넓게 펼쳐져 있다

그 아래에는 작은 시냇물도 구불구불 흐른다

욕심을 잊고 힘든 것도 잊고
안개 낀 새벽 들에서 일하는 농부들은 아름답다
그들은 묵묵히 일하지 않는다
뭔지 모를 재미있는 이야기를 하면서
쉬엄쉬엄 일한다
할일 없이 들에 나와 어정거리는 이방인을 불러
차를 권하기도 한다

하루는 설사가 나오려고 해서
들에 앉아 급한 일을 보았다
그때 웃음소리가 들렸다
저만치서 아주머니들이 괭이를 짚고 서서 웃고 있었다
나도 같이 웃었다

안개 속에서 붉은 해가 떠오를 때쯤
나는 시냇물을 따라 걷고 있다
이따금 가만히 서서 시냇물의 노래를 듣는다
모래와 자갈이 물과 함께 흐르며 내는 노랫소리는
어린 시절 고향의 강에 던진 어떤 조약돌 하나를
툭툭 건드리며 흘러간다
—그 조약돌은 아직도 고향의 강바닥에 박혀 있다

아직도 나는 한이 많아서
한을 삭이느라 헐떡인다
밤이면 밤마다 술을 마신다
술 마시고 아내를 귀찮게 한다
그러나 이 새벽만큼은 헐떡이고 싶지 않다
그래서 때로는 개를 데리고 나오는 일도 귀찮다

한 살짜리 우리 개는 고집이 세고 장난이 심하다
냄새나는 데는 어디나 코를 쑤셔박는다
까마귀를 쫓아서 파종한 보리밭으로 마구 뛰어다닌다
그래도 가끔 데리고 나온다

우리 개도 늙으면
나처럼 천천히 걸어다닐 것이다
남 보기에는 쓸쓸해 보일지 몰라도
아니 정녕 그게 쓸쓸할지는 몰라도
쓸쓸한 게 나쁘지 않다는 걸 알게 될 것이다
그리고 배 좀 고픈 게 그리 나쁘지 않다는 것마저
알게 될지도 모른다

사실은 나도 우리 개하고 다르지 않다
내가 들판 가장자리 언덕에 오래 서 있는 이유는
샘가에서 목욕하는 사람들을 힐끗거리기 위함이다
나도 우리 개처럼 헐떡거리기를 그치지 못했다

킁킁 냄새 맡기를 아직도 좋아한다

그리고 우리 개는
나와 함께 새벽 들판에 나가는 걸 제일 좋아한다
내가 모르는 체하고 혼자 나가면
얼마나 심술을 부리는지 모른다

지난겨울 산골에서 데려올 때 강아지였던
우리 개 이름은 '타시'이다
'타시'는 '평화'라는 티베트 말이다

엄마 냄새

애들 중에는 이상한 애도 많습니다
무척 자랐는데도 아기 때 덮던 이불을 안 놔요
닳고 닳아서 나달나달해졌는데도 안 놔요

덮고 자는 게 아닙니다
큰 수건 한 장만한 그 이불을 다 큰 애가 어떻게 덮고 잡니까
덮고 자는 게 아니라 가슴에 안고 뺨이나 코를 대고 잡니다

엄마 냄새가 난다나요
엄마 품에서 잘 때 나던 그 옛날 냄새가 난다나요
그 냄새 없이는 못 잔다는 겁니다

그 이불에 이름도 붙였더라고요
코 이불
엄마 꿈 꾸며 코오오 자는 이불

모닥불 속에

모닥불 속에 집이 있네
꺼져가는 모닥불 속에 집이 있네
밤이슬에 젖는 어깨는 시려도
불빛 안은 가슴은 따스하구나
불알이 익었다 식고 밤이 깊으면
우스갯소리도 싱거워
칠성별은 산 너머 주막집에 술 푸러 가고
우리 이마는 모닥불 속으로 모이네
꺼져가는 모닥불 속
고향집 가는 길로 모이네

새 담배 한 갑 찔러넣고

먼길 떠날 양이면
슬그머니 나오소
이발소 가듯 목욕탕 가듯
인사는 말고 손짓만 하소
그냥 저기 좀 갔다 온다고

동네 담뱃가게 앞에설랑
새 담배 한 갑 찔러넣고
새똥 싸는 아침 새들
짹짹거리든지 말든지
바짓가랑이 펄럭이며 내달으소

아는 사람만 아는 길
그 먼길
난 그렇게 왔소

돌아보면 눈에 아픈 동네 어귀
술 깬 아침 눈곱도 안 떼고
목욕탕 가는 길 담뱃가게 앞에서
새 담뱃갑 뜯으며 바라본 북한산 영봉 위엔
가는지 마는지
새털구름 몇 조각
서성이곤 했다오

어디 갔나 어디 갔나
찾는 식구도 없었다오
황새 우렁이 까먹고 사라진 하늘
찰랑이던 두 잔의 눈물
아침 바람 찬바람에 털어버리고
내처 걸었다오
쓰러지지 않으려고
빨리빨리 걸었다오
오도카니 앉아볼 담배 자리도 있었건만
새 담배 한 갑 찔러넣은 것도 잊은 채
내친김에 걸었다오

먼길 떠날 양이면
나같이 오소
칫솔 물고 나오소

이 길도 구만리 저 길도 구만리
천둥벼락 치는 동네 어귀 벗어나면
아는 사람만 아는 길
멀지도 않은 길
난 그렇게 왔소

나팔꽃 피는 창가에서

히말라야 산골 사람들은 창을 무척이나 사랑한다. 하얀 설산이 내다보이는 창 하나 새로 내달고는 온 동네 사람들을 불러모아 하루종일 잔치를 벌인다.

창은 신성하다. 창은 햇빛과 바람이 들어오고, 달빛과 별빛이 스며들고, 새소리 빗소리가 넘어오는 곳이다.

저녁 짓다가 아이들이 잘 노는지 내다보는 곳이며, 나팔꽃처럼 기대어 그리운 임 기다리는 곳이다. 무엇보다도 창은 밤중에 오롯한 등잔불이 어른대는 곳이다.

하루 일을 마치고, 또는 한 계절 동안의 먼 돈벌이 여행을 마치고 집으로 돌아오는 남정네들을 위하여 아낙들은 창가에 가꾸는 꽃들을 귀밑머리에 꽂기도 한다.

집집마다, 아낙마다 뒤질세라 열심히 가꾸는 창가의 꽃들은 얼마나 아름다운가. 어린 딸들처럼 작고 예쁜 꽃들이 조르르 앉아 있는 창을 만날 때마다 나는 괜히 눈물이 났다.

히말라야 산골 사람들은 애를 많이 낳는다. 히말라야 산골 사람들이 사는 집 마당에는 늘 아이들이 뛰논다.

큰애가 자라서 도회지로 떠난 후에는 어느새 자란 작

은애들이 마당에서 뛰어논다. 작은애, 더 작은애, 마침내 젖먹이 막내까지 다 자라서 떠나버린 후에는……

누군가가 돌아온다. 나팔꽃 피는 창을 못 잊어서, 밤이면 오롯한 등잔불이 켜지는 창이 그리워서 옛 식구 하나 산모퉁이 돌아 달음박질쳐 온다.

빙하를 건너며

빙하를 건너고 있었다
산더미 같은 모래와 자갈과 바위 들을 등에 지고 엎드려
귀신도 모르게 흐르는
태곳적 얼음의 강을 건너고 있었다

하늘은 새파랗고 산은 새하얗고
해는 따갑고 바람은 차가웠다
거친 숨결 고르노라면 아드득 무너지는 소리
돌무더기 무너지는 소리
바위 구르는 소리

모래바람 부는 빙하의 둑에는
짐승보다 억센 사람들이 돌집을 쌓고
짐승의 똥을 말려 불 때고 있었다

눈 쌓인 돌담 밑에 엎드려
뎅그렁뎅그렁 쇠방울을 울리며
털이 긴 소들이 아드득아드득 언 감자를 씹고
아무리 작은 소리도 삼키는 밤하늘에서는
차디찬 성좌들이 살별을 튕기고 있었다

사람의 길이 끝난 곳에
새들의 길이 있고
새들의 길마저 그친 곳엔

설산이 일어서서 새하얗게 빛났다

달팽이 같은 그믐달이
설산에 붙어 기어오르는 밤에는
귀신도 모르게 기어오르는 밤에는

아드득
또 빙벽이 무너졌다

귀 후벼주는 남자의 노래

벌판에서 태어나리라
드넓은 벌판 보리수 밑에
버려진 아이로 태어나리라
김매러 나온 늙은 아낙 땀에 절어 찝찔한 젖 빨며
업둥이로 자라리라
물소 등에 앉아 풀피리 불고
벌판에 뜨고 지는 해를 바라보며 자라리라
말라리아도 코브라도 콜레라도 굶주림도 겪어보리라
늙은 어미 먼저 죽고 없어도 혼자 살아보리라
맨발로 벌판을 걸으며 독수리 밥 빼앗아 날로 먹으며
벼락도 맞고 짱돌 같은 우박도 맞고 몰매도 맞으면서
질기게 살아보리라
한번 울면 천둥같이 울면서
한번 걸으면 백 리를 내달으며 설산까지 가보리라
설산 어귀에 이르기도 전에 자랄 건 다 자라리라
잔뼈도 주먹도 콧수염도 턱수염도 다 자라고
불알 두 쪽도 거치적거릴 만큼 자라리라
이제 무엇이 더 될까 고민할 만큼 자란 몸
벼랑 아래로 던지고 싶을 만큼 자라리라
굶고 또 굶어서 독버섯 먹고 미쳐서
벼랑 아래 몸 던지고도 안 죽고 살면 더 살아보리라
마을에 내려가 양치기네 곰보 딸 사위도 돼보고
애비 노릇도 해보리라 도적질도 해보리라
밤이면 집 없는 개를 껴안고 자면서

또다시 귀이개 하나로
뉴델리 봄베이 캘커타 마드라스 코친
역에서 역으로 떠돌아보리라
세상 귓구멍 만 개는 더 후벼보리라
후벼낸 귓구멍마다 속삭이리라
이 세상 몇 번이고 다시 와서 살고 싶다고
다시 와서 이렇게 저렇게 닥치는 대로 살고 싶다고
그리고 꼭 한마디 덧붙이리라
못 오면 말지요라고

묵티나트

묵티나트는 구름도 넘지 못하는 설산 너머의 땅 이름
여름에도 비가 내리지 않아
일 년 내내 흙바람이 부는 황량한 산중
만년설 녹은 물 여기저기서 가늘게 흘러 모여
언덕마다 밀밭이 있고 감자밭이 있다
돌과 흙과 나무로 지은 사원과 집들이 모여
마을을 이루고 있다
해발고도 삼천칠백 미터
물소리 바람 소리 하도 세차서
사람도 가축도 고요할 수밖에 없다
욕심을 안고는 살 수 없는 땅이어서
그런 이름이 붙었는가
묵티나트—해탈의 땅
불과 물이 하나가 되어
흐르는 듯 타고 타는 듯 흘러서 모인
수행자들의 마을
순례자들의 성지
개도 몇 마리 마을을 떠나
설산을 넘나드는 고갯길에서
순례자들을 따라다니며 산다
그러나 술도 있다
사과도 있고 살구도 있어서
그걸로 담근 술은 천하에 둘도 없는 해탈주
술을 마셔도 헐떡이지 않는 땅이어서

그런 이름이 붙었는가
묵티나트—해탈의 땅

룽따가 있는 풍경

이 세상 낯설어
선잠 깬 아이 우는데
바람 분다
바람 부는 세상에 갇혀서
룽따가 나부낀다
울면 울수록 무정한 설산
울면 울수록 커지는 바람 소리
더운 눈물은 찰나에 식고
또 배가 고프다
큰 독수리 날개 펼친다

바람

바람이었다
헤맬 때에도
돌아와 창을 닫을 때에도
늘 바람이었다
잊으라는 바람이었다
그 여자와
그 여자의 눈물을
그러고도 무엇을 더 잊으라고
부는
바람이었다
아주 잊어도
다시 부는 바람이었다
잊은 것들 위에 살아서
산 것들 위에 미친듯 살아서
부는
바람이었다

옥수수

비 개고 바람 부는 히말라야 산자락
우리집 뒷밭에서 자라는
옥수수 긴 잎사귀는
바나나 넓은 잎사귀보다 정감이 짙습니다
재봉틀이 있고
두루마기 입은 할아버지 사진이 걸려 있던 마루방 창 너머에
우두커니 서 있던 옥수수 긴 잎사귀는
시들면 시들수록 시원한 소리를 냈습니다
바람이 불 때마다
풀 먹인 두루마기 옷고름 스치는 소리 내곤 했지요
1885년에 태어나셨고
1950년 이전까지는
함흥에 생존해 계셨던 할아버지
그 많은 자손 중에
북한에 남은 혈육은
강냉이밥도 못 드신다는 소문인데
어쩌자고 카트만두 우리집 뒤꼍 옥수수들은
저리 잘 자라는지 모릅니다
바람에 흔들리는 바나나 널찍한 잎사귀에는
아열대 소나기 빗방울이 구르지만
옥수수 긴 잎사귀에서는
방울방울 눈물이 떨어집니다
다른 사람은 몰라도

1·4후퇴 피란민 아들인
저에게는 그렇습니다
다른 사람은 몰라도
히말라야 산자락에
홀로 떨어져 사는 저에게는 그렇습니다

산에서

산에서
사람을 생각한다
해가 서산으로 기울수록
검푸르게 드러나는 먼 산등성이
출렁이는 산등성이들의 춤에 실려
멀리멀리 떠나간 사람을 생각한다
여자, 또는 남자

산에서
사람을 생각한다
이 많은 바위 어딘가에
나처럼 오도카니 앉아서
역시 사람을 생각했을
남자, 또는 여자

산에서
거듭거듭 사람을 생각한다
사람과 사람 사이에서
정이나 돈
희망이나 자유 따위에 속아서
살거나 죽은
남자, 또는 여자

친구에게

지금 자는가 친구여
고드름 영그는 추운 밤에
축축한 불알을 술잔처럼 거머쥐고
지금 무슨 꿈을 꾸는가 친구여
눈 녹고 고드름이 녹느라
여우비 오는 날처럼 황홀했던 대낮에
우리 가슴에 털어넣던 소주 꿈을 꾸는가
화롯불에 양미리 구워주던 누이 꿈을 꾸는가
우린 잘살았다 친구여
죽어도 잊지 못할 추억이 저리 황홀한데
무엇이 괴로워 어지러운 꿈을 꾸는가
이를 갈며 돌아눕는가
처마밑 고드름 깨지는 소리
머리맡에 들리거든 친구여
통통하게 살찐 양미리 한 축에다
황홀한 소주 몇 병 얹어놓고
고사나 한번 지내보는 거 어떤가
살풀이 한번 해보는 거 어떤가

그대 치마 속에 감춘 새둥지 하나

그대
치마 속에 감춘
새둥지 하나
삶과 죽음 사이에서
우리 비참한 성욕의 거품 속에서
둥둥 떠오르는 새둥지 하나
서러운 나이 서른다섯이 침침하게 고여드는
그대 아랫도리
거기 눈뜨는 어린 새들
오, 어린 새들의 노란 부리가
악착같이 물어뜯는 푸른 하늘
푸른 하늘
사랑하는 사람아
나는 그대를 사랑하지 않았다
나는 어떤 여자도 사랑하지 않았다
거짓과 진실 사이에서
내 참담한 고백의 진창 속에서
둥둥 떠오르는 새둥지 하나
어린 시절
시냇가 풀밭의
새둥지 하나

오대산 설경

1968년 겨울
오대산, 폭설이 왔다
눈더미에 짓눌린 전나무들
이 비탈 저 비탈에서 쩍쩍 갈라졌다
어떤 나무 허리 부러지면서 눈보라 일으켰다
눈보라 햇살에 녹으면서 현기증 나는 무지개 쏘았다
눈 속에 빠진 노루 턱만 내놓고
오도 가도 못할 때
밤이 왔다
흰 입김 다하여
저승에 턱을 거는 그 순간도
밤은 말이 없었다
밤은 그냥 춥기만 했다

어떤 봄날

식구들의 평상복이 힘없이 너울대는 빨랫줄 너머로
구름 몇이 느릿느릿 흘러갔다
꿈결인 듯 아지랑이 속에서 뻐꾸기 울고
구름 몇이 느릿느릿 흘러갔다
이따금 흙바람이 불고
이따금 졸다 깨보면
빈 빨랫줄 너머로
구름 몇이 느릿느릿 흘러갔다

부부

서로 바라봅니다
눈을, 어깨를, 손과 가슴을 바라봅니다
밝은 미소와 슬픈 눈물을 기쁜 노래와 우울한 독백을
뒷모습이나 그림자도 바라봅니다
세월이 지나갑니다
고통스러운 침묵의 날 공연히 들떠서 낄낄대던 날
불같이 치미는 분노의 날
그리고 뜨겁게 안았던 밤이 지나갑니다
휙휙 지나갑니다
먼산을 수평선을 강가의 나룻배를 바라봅니다
꽃과 나무와 새와 젖 먹는 아이를
새벽별과 아침 이슬과 저녁노을을
초승달과 굴뚝과 불 켜진 창을
그리고 잠자는 아이를 바라봅니다
눈물 글썽이면서 혹은 웃으면서 마주봅니다
마주보며 함께 늙습니다
아주 늙어서 호호백발로 똑같이 늙어서
등때기 긁어줍니다

원산 구경

어릴 때 가끔 했다
아버지 두 손에 귀빰 붙들려
아버지 머리 위로 높이 쳐들려
원산 구경했다
—원산 앞바다 뵈니?
—명사십리 해당화도 뵈니?
—한아바지 뭐르 하시니?
이렇게 묻다가 아버지는 혼잣말도 했다
—한아바지 야르 보시오 야가 이르키 컸소
북으로 북으로 치달려간 산맥 너머로
이불 보따리 같은 구름은 떠가고
원산은 보이지 않았다
할아버지도 보이지 않았다
아버지 억센 손에 붙들린 귀빰만 뜨거웠다

원산하숙(元山下宿)

무적이 우는 날이면
눈먼 고래처럼 무적이 우는 날이면
원산하숙 연못가 꽃밭에서는
옥잠화가 피었어
안개비 속에서
하얀 옥잠화가 피었어
고향땅이 그리워서
홀아비로 늙어 죽은
원산하숙 아저씨가 가여워서
슬프도록 어여쁜 꽃
옥잠화가 피었어
무적이 우는 날이면
눈먼 고래처럼 무적이 우는 날이면

엿장수의 노래

엿 팔러 왔수다
헌 고무신짝 우그러진 양재기 부러진 놋숟갈
근량 나가는 가난 사러 왔수다
흰엿 검은엿 들깨엿 생강엿 다 팔고
엿가위는 건성으로 절컹절컹
부는 바람에 라면 봉지 날아다니는 골목으로 절컹절컹
엿 팔고 가외다
간장병 소주병 깨진 화로에 좀먹은 양복저고리
근량 나가는 이 동네 가난
한 짐 지고 가외다

복사꽃

엊그제 그리 곱던 복사꽃
오늘은 안쓰러워 못 보겠네
흐린 골목 어귀 담벼락 따라
먼지바람에 휩싸여 굴러가네
낯선 골목 서성이던 날들이
오늘따라 서러워 목이 메는데
외상 주던 술집 문은 잠겨 있구나

입춘

논두렁 밭두렁 여태도 안 녹았는데
저 혼자 반질반질 개똥은 반짝입니다
신정에 왔다 가던 옥순이 따라가다
눈뭉치 맞으며 따라가다 눈 똥입니다

조팝꽃

조팝꽃 이울어 어지러운 봄날
두 손 가득 그 꽃 담아 들여다보면
볼수록 눈물겨워라
보기나 하지 먹지 못하는
하얀 조팝꽃
엄마야 부르며 한 움큼
누나야 부르며 또 한 움큼
흙바람에 뿌려보는 하얀 조팝꽃

개밥별

저녁 먹고
애 데리고
마당에 나가 서니
솜털 성긴 풀씨 하나
공중에 떠가네
말 배우는 내 아이
손가락 가리키는 곳
어스름 개밥별
별빛 속으로

서해

김장배추는 소금에 절고
젓국 고는 아낙은 싸락눈에 전다
밀물 위에 서서 돌아오는 어부여
오늘밤만은 먼저 잠들지 말라

허망이 희망보다 더 진실하다

친구여
오늘도 나는
허망을 안고 내려온다
빈산이다
바람만 분다
라고 생각하면서 내려온다

슬프지 않다
산이 신비스러웠을 때보다
산이 듬직했을 때보다
오히려 담담하다

버리고 싶은 것을 버린 것처럼
벗고 싶은 것을 벗은 것처럼
미련이 없다

친구여
오늘도 나는
희망보다는 허망이
더 진실하다고 생각하며
산에서 내려온다

허망이야말로
참된 위안이 될 수 있다고 생각하며

이 산과 작별한다

담담하게
조금도 슬프지 않게

별

폭풍우 그쳤다
먼바다에서 새들이 돌아왔다

젖은 날개를 짓털며
새끼들을 부르며
목이 쉬어서 돌아왔다

폭풍우 그쳐도
아버지 배는 돌아오지 않았다
저무는 하늘에 별들만 돌아왔다

글썽글썽
기척도 없이

가을에 만난 스님들

내린천 살둔 마을.

이 말을 하자마자 내 귀에는 어린 소녀들이 재잘거리는 듯한 시냇물 소리가 들린다.

그리고 숲을 흔드는 바람 소리가 들린다.

수려한 산봉우리들과 푸른 하늘에 떠가는 흰구름이 보인다.

지금은 깊은 가을.

산중은 하루종일 바람 소리 물소리만 들리다가 금방 밤이 된다.

별들이 돌아온다.

별 하나 돌아올 때마다 풀숲에서는 살아남은 벌레들이 깨어나 별빛처럼 운다.

그리하여 뭇 별들이 다 나온 한밤중이면 풀숲의 뭇 벌레도 다 깨어나 일제히 울어댄다.

내린천 살둔 마을에는 지금 그런 밤이 기다리고 있다.

그러나 그대, 거길 가려거든 술 몇 병 가지고 가야 한다.

술 없이 어찌 그런 밤을 혼자 감당해낼 수 있겠는가.

여러 해 전 가을, 내린천 살둔 마을의 산장에서 그런 밤을 만났다.

있는 술을 다 마시고 설취해서 미칠 듯 술을 그리워했다.

그때 이웃에 있는 살둔 분교로 전화가 왔다.

이십 리 밖 광원리 마을의 한 가게에서 온 전화였다.

—거기 가려면 어떻게 가지요?

—어떻게 오긴요. 걸어서 오셔야지요.

—초행이고 밤길이라서…… 누가 마중 좀 나와주실 수 있을는지요?

—거기서 기다리세요. 제가 나가지요. 대신 소주 몇 병 사세요.

술 생각이 간절했고, 수화기 속에서 들려온 음성은 풀벌레처럼 가녀린 여성의 음성이었다.

새 아궁이에 장작불을 지펴놓고 그 밤에 내린천을 거슬러오르던 일은 얼마나 가슴 설레는 일이었는지 모른다.

바람이 불 때마다 옷을 벗는 나뭇가지 사이로 내린천은 은하수 빛으로 아주 빨리 흘러갔다.

이십 리 길을 한 시간에 갔다. 걸었다기보다 뛰어갔던 것이다.

그 가녀린 음성의 여성은 스님이었다.

그리고 또 한 분의 노스님을 모시고 있었다.

—암자를 지을 조용한 곳을 물색하러 다니는 중입니다. 이 근처가 자꾸 마음에 끌려서 왔다가 살둔 얘기를 들었습니다. 감사합니다.

노스님의 주름 많은 입가에는 보일 듯 말 듯한 웃음이 감돌았지만 젊은 스님은 미안한 표정으로 말했다.

—곡차는 스님 바랑 속에 들었습니다. 산장에 가서 드

리지요.

가게문은 이미 닫아걸었고, 주머니에는 돈도 없었다. 참는 수밖에 없었다.

비구니 스님 두 분을 모시고 다시 내린천을 따라 살둔으로 돌아오면서 나는 깊은 공상에 빠졌다.

—이 근처 어디에 저 스님들이 암자를 지으면 나는 그 암자의 불목하니로 살까보다.

—장작을 패서 아궁이에 불을 때고 장에 나가 쌀을 사오고, 초파일날은 연등도 만들까보다.

—용돈을 타면 광원리 가게에 나가 곡차도 한 사발 마시고서 별빛 어린 내린천을 흥얼거리며 돌아올까보다.

스님들은 말이 없고, 길은 지루했다.

풀벌레만 요란하게 울었다. 별똥별이 떨어졌다. 산장의 불빛이 보였다.

여장을 푼 노스님은 바랑에서 두 홉들이 소주를 한 병만 꺼냈다.

술병끼리 부딪치는 소리가 난 걸로 미루어 분명 두 병은 될 텐데 한 병만 내놓고 노스님은 말했다.

—한 병이 더 있습니다만 이것은 내일 아침 저희가 떠날 때 드리겠습니다.

나는 노스님의 매정한 눈길을 피해 젊은 스님 쪽을 바

라보며 말했다.

—술이 열 병 있어도 모자랄 것 같은 가을밤입니다.

젊은 스님이 대답했다.

—죄송합니다. 노스님께서는 처사님의 기색이 염려스러우신가봅니다. 이런 밤에는 한 병도 열 병처럼 마실 수 있지 않겠습니까.

당연히 그래야 하는 것처럼, 한 병만 받아들고 마루로 나왔다.

하늘에는 어느새 달빛이 가득하고 풀벌레 우는 소리 문득 서글펐다.

내 술은 어느새 바닥이 나고, 바람이 세차게 불 때마다 술병에서 희미한 뱃고동 소리가 들렸다. 기다리면 들리지 않고 잊을 만하면 다시 들리는 뱃고동 소리였다.

문득 인기척이 있어 돌아보니 저만치 젊은 스님이 돌아서고 있었다. 돌아서 사라지고 있었다.

스님이 돌아선 마루 한쪽 끝에는 달빛이 내리고, 달빛 속에는 새 술병이 놓여 있었다.

그때의 내 마음은 말하기 어렵다.

다만 한 가지, 그 술을 거기 그대로 두고 오래 바라보았다는 것만 말해둔다.

내린천 살둔 산장.

이 말을 할 때마다 달빛 내리는 마루 위에 오롯이 놓여 있던 두 홉들이 소주병이 떠오른다.

덧없이 비워버린 첫번째 술병 속에서 잊을 만하면 들려오던 먼 뱃고동 소리가 다시 들린다.

그대여, 지금은 뭇 목숨이 모두 애처로운 가을이다.

술 몇 병 들고 내린천 따라 끝없이 흘러보고 싶은 계절이다.

다시 산에서

친구여
우리는 술 처먹다 늙었다
자다가 깨서 찬물 마시고
한번 크게 웃은 이 밤
산아래 개구리들은
별빛으로 목구멍을 헹군다
친구여
우리의 술은
너무 맑은 누군가의 목숨이었다
온 길 구만리 갈 길 구만리
구만리 안팎에
천둥소리 요란하다

문학동네포에지 058

나팔꽃 피는 창가에서

1판 1쇄 발행 2006년 6월 30일
2판 1쇄 발행 2022년 11월 21일

지은이—김홍성
책임편집—김민정
편집—유성원 김동휘 권현승 유정서
표지 디자인—이기준 김하얀
본문 디자인—이원경
마케팅—정민호 이숙재 김도윤 한민아 정진아 이민경 정유선 김수인
브랜딩—함유지 함근아 김희숙 고보미 박민재 박진희 정승민
제작—강신은 김동욱 임현식
제작처—영신사

펴낸곳—(주)문학동네
펴낸이—김소영
출판등록—1993년 10월 22일 제2003-000045호
주소—10881 경기도 파주시 회동길 210
전자우편—editor@munhak.com
대표전화—031-955-8888 / 팩스—031-955-8855
문의전화—031-955-2696(마케팅), 031-955-8865(편집)
문학동네카페—http://cafe.naver.com/mhdn
문학동네인스타그램—@munhakdongne
문학동네트위터—@munhakdongne
북클럽문학동네—http://bookclubmunhak.com

ISBN 978-89-546-9028-7 03810

www.munhak.com

문학동네